MW00904878

Le Joueur de pipeau d'Hamelin

Le Joueur de pipeau d'Hamelin

Conte rimé de Bernard Noël
d'après Robert Browning
illustré par Kate Greenaway

HOMMAGE
DE
L'ÉDITEUR

Mouche
l'école des loisirs
11, rue de Sèvres, Paris 6ᵉ

© 1979, l'école des loisirs, Paris
Loi n° 49.956 du 16 juillet 1949 sur les publications
destinées à la jeunesse : mars 1979
Dépôt légal : août 2004
Imprimé en France par l'imprimerie CCIF
à Saint-Germain-du-Puy (18390)

I

Hamelin, cité allemande,
Près de Hanovre, la marchande,
Est ville riche et de bel air ;
Sous ses murs coule la Weser.
Il n'est pas de lieu plus plaisant
Sauf dans les années treize cent,
Où chacun y souffrait déboire
Que vous contera mon histoire.

II

C'était alors marée de rats
Car tant de rats couraient par là
Qu'ils tuaient les chiens et les chats,
Mordaient les bébés au berceau,

Croquaient le pain et les gâteaux,

Léchaient la louche et le gruau,

Faisaient leur nid dans les chapeaux.

Aux femmes ils coupaient le caquet

En couinant comme forcenés
Par tous les diables possédés.

III

À la fin le peuple lassé
D'en avoir par trop supporté
Devant la Mairie s'assembla :

« Oh ! criait-il, c'en est assez,
Notre Maire est un vieux poussah
Et nos Conseillers des bêtas ;
Nous leur payons robes d'hermine
Et ils nous laissent la vermine.
Vous croyez que l'obésité,
Messieurs, est votre activité,
Mais torturez-vous les méninges
Ou bien fini repas, beau linge,
En cage irez comme des singes ! »
À ces mots la consternation
Prit le Maire et ses compagnons.

IV

Une heure en rond furent assis
Cherchant l'issue de leur souci,
Puis le gros Maire déclara :

« Rien ne sert de gratter nos têtes,

Il n'en viendra nulle recette.

Nous voilà faits comme des rats

Pour avoir raté le truc là

Qui dératiserait la ville. »

Il dit, et un hasard utile

Fit qu'à la porte on tapota.

« Bénis soyons, mais qu'est-ce donc ? »

Cria le Maire au gros bedon

(Et le Conseil à cet instant

Avait les yeux si peu brillant,

Qu'on aurait dit des huîtres sèches

Offrant une chair si peu fraîche

Que nul n'en voudrait pour sa
pêche.)

Il y eut alors tel suspense

Qu'on entendit dans le silence

Battre les cœurs de l'audience.

V

« Entrez ! » fit le chef communal
Et parut un original,
À demi rouge, à demi jaune,
Dans une robe de madone.
Il était long comme une tringle
Et les yeux en pointe d'épingle.
Teint basané, pas un soupçon
De poil aux joues ni au menton ;
Un sourire allait et venait
Sur ses lèvres au bel ourlet.
Chacun avec admiration
Regardait l'étrange garçon.
« On dirait, fit l'un, mon aïeul
Tout juste sorti du linceul
Pour retraverser l'Achéron. »

VI

Il s'avança vers la grand table :
« Pardon, dit-il, je suis capable,
Au moyen d'un charme secret,
De faire sur mes pas marcher
Tout ce qui vit sous le soleil,
Qu'il soit quelconque ou sans pareil !
Mais ce charme je n'utilise
Que pour capter bêtes qui nuisent :
Taupes, vipères ou crapauds,
Avec les airs de mon pipeau. »
(Chacun fit alors la remarque
De l'écharpe qui, à son cou,
Semblait son insigne ou sa marque
Et portait pendu tout au bout

Un pipeau où ses doigts erraient,
Comme impatients d'y exercer
Les pouvoirs cachés dans les airs
Dont seul il savait le sens clair.)

« Oui, dit-il, pauvre joueur suis
Mais j'ai vidé la Tartarie
De ses moustiques et, en Asie,
Libéré le puissant Cadi
D'une couvée d'affreux vampires ;
Ce que chacun de vous désire,
Je peux dans vos regards le lire
Et vous débarrasser des rats,
Mais mille florins ce sera. »
« Cinquante mille on donnera ! »
Toute l'assemblée s'exclama.

VII

Le Joueur alla dans la rue
Avec un sourire entendu,
Là, tout à coup, ses yeux brillèrent
D'une flamme très singulière,
Et ses lèvres alors se plissèrent
Pour recevoir le long pipeau
D'où trois notes aiguës s'élevèrent,
Trois notes à vous glacer le dos.
On entendit comme une armée

Qui grognerait, qui gronderait,
Et vers le Joueur se ruèrent
Grands rats, petits rats, et cætera,
Sans souci de caste, ni d'âge,
La queue en l'air et sans bagage.

C'était un beau tohu-bohu,
De dodus et de moustachus,
De chenus et d'hurluberlus,
De chauves et de chevelus.
Et tous, sur les pas du Joueur,
Se dandinaient comme danseurs,
Tant et si bien qu'ils arrivèrent
Ainsi dansant à la Weser !
Et d'un seul élan s'y noyèrent !
– Sauf un, vaillant comme César,
Qui nagea, et, fort débrouillard,
S'en fut rapporter à Rat-Terre
Sa vision de toute l'affaire.
« Dès qu'il commença de jouer,
Dit-il, j'ouïs un son clairet,
Comme si ruisselait du lait ;
Puis vinrent ensuite en cascade
Bruit de sauces et de marmelade,
D'estouffades et de rémoulade,

De panade et de marinade;
Et nous entendîmes des voix
Dire doucement: "Ô mes rats,
Venez vite manger tout ça,
Car la Terre, pour une fois,
Vous ouvre sa grande réserve
Afin qu'à chacun elle serve.
Mangez donc, croquez, dévorez,
Consommez tout ce qui vous plaît!"
Mais comme déjà je croyais
Voir s'ouvrir quelque grand buffet,
Je sentis l'eau qui me noyait!»

VIII

Dès lors, mes amis, quelle fête,
Avec les cloches et les trompettes !
« Allez, criait le Maire, allez,
Tapez dessus, pourchassez-les,

Qu'on ne voie plus la moindre trace
De tous ces rats en notre place. »
Mais tandis qu'il criait ainsi,
On vit apparaître soudain
Le Joueur de Pipeau qui dit :
« S'il vous plaît, mes mille florins ! »

IX

Le gros Maire fit grise mine
Et de même les Conseillers,
Car tous aimaient la galantine
Et les bons vins, mais pas payer.
De l'argent à ce vagabond,
Oh, se disaient-ils, à quoi bon !
Pour ce prix nous aurons des cailles,
Des futailles et des victuailles.
«Allons, fit le Maire canaille,
La Weser fut la souricière,
On ne paye pas une rivière !
Nous avons vu la mort des rats
Et aucun d'eux n'en reviendra.
Mais chiches nous ne sommes pas :
Volontiers nous vous donnerons

À boire du vin sans façon.

Quant à l'argent n'en parlons plus,

C'est un sujet très malvenu,

Ne vous faites point malotru. »

X

« Holà ! dit le Joueur fâché,

Vous savez bien que vous trichez !

J'ai peu de temps car, ce soir même,

À Bagdad, le Sultan Suprême

M'attend chez son grand cuisinier

Pour mon travail récompenser.

Avec lui, je n'eus de problème,

Avec vous, aucun n'en voudrais,

Pas un sou je ne rabattrai,

Aussi révisez vos manières

Ou prenez garde à ma colère. »

XI

« Voyons l'ami, cria le Maire,
Vous avez robe de gitan
Et la mine d'un fainéant,
Vous pouvez toujours menacer
Et dans votre pipeau souffler
Jusqu'à vous en faire éclater. »

XII

Dans la rue une fois de plus
Le Joueur de Pipeau s'en fut,
Et il porta son instrument

À ses lèvres rapidement,

Souffla trois notes accordées

Avec un tel enchantement

Qu'on aurait dit la voix des fées.

Il se fit grande agitation,

Puis vint la précipitation

De petits pieds si fort pressés

Qu'ils faisaient leurs sabots claquer

Comme font becs en poulailler.

Les enfants de la ville entière

Ainsi donc se précipitèrent,

Filles et garçons à la fois,

Qu'ils soient de pauvre ou de bourgeois,

Et courant, dansant, gambadant,

Ils suivirent en s'amusant

Le Joueur aux airs fascinants.

XIII

Maire et Conseillers aux abois
Semblaient devenus blocs de bois.
L'un et les autres ne pouvaient
Ni avertir, ni arrêter,

Et ils n'en croyaient pas leurs yeux
De voir l'empressement joyeux
Des enfants. Mais voici qu'ils furent
Bien davantage à la torture
Quand le Joueur tournant ses pas
Vers la Weser se dirigea.
Toutefois changeant de dessein
À l'Ouest il vira soudain.
Là se dressait une montagne
Abrupte et barrant la campagne
D'un mur qu'on ne pouvait franchir.
Chacun poussa donc un soupir :
« Il ne va plus pouvoir jouer
Et devra nos enfants laisser ! »
Mais quand il fut devant la pente,
On vit s'ouvrir là une fente
Comme d'une faille profonde,
Et le Joueur s'y enfonça
Suivi par tout le petit monde.

La fente alors se referma.

Ai-je tout dit? Non. Un boiteux,

Qui passa pour le seul chanceux,

N'avait pu suivre les gamins,

Et il revint à Hamelin.

Plus tard ce fut un homme triste,

Qui racontait en pessimiste :

« Tous mes amis ont disparu

Et moi, on ne m'a pas voulu.

Maintenant ils sont dans la joie

Au pays qui toujours verdoie.

Comme eux, je devais, moi aussi,

Aller vivre en ce paradis

Où les fleurs ont couleur plus belle

Et où toute chose est nouvelle :

Les moineaux ont plume de paon,

Les chiens des poils phosphorescents,

Les abeilles des balancelles

Et les chevaux de grandes ailes.

À l'instant où la certitude
De ma prochaine guérison
M'apportait la béatitude,
J'éprouvais soudain l'éviction,
Le silence et la solitude.
Depuis nul ne m'a reparlé
Du Pays perdu à jamais. »

XIV

D'est en ouest, du sud au nord,
Le Maire et son état-major
Envoyèrent des messagers
Ayant mission de proposer
Au Joueur tant et plus d'argent
Pour qu'il ramène les enfants.
Mais les recherches, les efforts,
Les enquêtes et les trésors

Ne furent que peine perdue,
Déception et déconvenue.
Le Maire alors fit un décret
Pour que tout acte soit daté
D'après le jour, le mois, l'année
Où survint l'affreuse Odyssée.
Ainsi chaque date est suivie
Du nombre d'années écoulées
Depuis la grande tragédie
Du vingt-deuxième de juillet
De treize cent soixante-seize,
Journée entre toutes mauvaise !
Mais pour mieux fixer la mémoire
De cette abominable histoire,
Il fut décidé que la rue
Empruntée par les disparus
Aurait ce nom bien défini :
Rue du Joueur de Pipeau pie.
Là, chacun doit faire silence

Quelles que soient les circonstances.
On a dressé une colonne
Sur laquelle un texte mentionne
Les faits que je vous ai contés,
Et dans l'église un grand vitrail
En rapporte aussi les détails.
Mais je ne dois pas oublier
De dire avant de vous quitter
Qu'il existe en Transylvanie
Une tribu que ce pays
Trouve bizarre et différente.
Ses membres souvent se lamentent
Sur le malheur originel
Qui fit que dans un noir tunnel
Leurs parents un jour descendirent,
Et plus jamais ils ne revirent
Hamelin, et donc n'en transmirent
Qu'une image par ouï-dire.

XV

Ah ! Mes amis, s'il vient un jour
Quelque jeune ou vieux troubadour
Pour vous débarrasser des rats
Et que vous lui fassiez promesse
D'argent ou d'or ou de sagesse
Surtout ne vous déjugez pas.